엘사와 안나,
우리는 매일 어른이 되고 있어

어제보다 좋은 내일을 살아갈 너에게

엘사와 안나,
우리는 매일 어른이 되고 있어

겨울왕국 원작

RHK
알에이치코리아

Contents

**나 자신을 믿고,
스스로를
사랑할 것**

1

나 자신을 믿고,
스스로를 사랑할 것

직감을 믿으세요 ✲

마법의 힘을 들킨 엘사가 아렌델 왕국을 떠나자
안나는 주위의 반대와 걱정에도
"언니는 절대로 날 해치지 않아요."라고 말하며
자신의 직감을 믿고 엘사의 뒤를 따라갑니다.
직감은 논리가 아니라 감각을 통해,
곧바로 사물의 본질을 꿰뚫어 보는 것이에요.
그 순간적인 지혜는 평소에 의식하지 못하는
마음속 깊은 곳에서 나와
우리가 성장할 수 있도록 이끌어주기도 합니다.
내면의 소리에 귀를 기울이세요.

운명을 바꾸는 기회가 될지도 모릅니다.

화내도 괜찮아요 ❋

부당한 일을 당하거나
상대방이 무례하게 행동해도,
화내지 못하는 사람이 있습니다.
어떤 사람은 관계가 껄끄러워지는 것을 걱정하기도 하고
또 어떤 사람은 화내는 행위 자체를 나쁘게 생각하기도 하지요.
하지만 화를 참기만 하면 스트레스만 쌓이게 돼요.
화난 감정을 제대로 풀지 못하다가
전혀 상관없는 사람에게 화풀이를 할 수도 있어요.
화가 난 마음을 솔직하게 표현하고 털어버리세요.

때로는 상대방에게

직접적으로 화내지 못하더라도

화가 난 자신에게 '화내도 괜찮아'라고 말하며
스스로를 다독이다 보면 오히려 화가 진정되기도 하고요.

완벽하지 않은 아름다움을
소중하게 여겨보는 건 어때요?

우리 모두는
소중한 존재예요

자신을 사랑하고 소중하게 여기는 사람은
상대방도 존중하고 소중하게 생각합니다.
자신만큼 상대방도
중요하다는 사실을 알기 때문이지요.
스스로에게 희생을 강요하지 말고,
먼저 자기 자신을 아껴주세요.
본인의 장점을 찾아보고 스스로 격려해주세요.

나의 가장 든든한 지원군은
바로 나 자신입니다.

타인의 시선을
신경 쓰지 마세요

누구나 타인의 시선을 의식하며 살아갑니다.
덕분에 서로 간의 예의나 매너를 지킬 수 있고
세심한 배려도 하게 되죠.
하지만 지나치게 타인을 의식하게 되면,
좋은 평판을 받는 것에 신경 쓰느라
진짜 자신이 원하는 삶을 살 수 없습니다.
남을 생각하는 마음도 중요하지만
좋은 말을 듣기 위해 상대방의 눈치만 봐서는
나다운 모습을 잃게 돼요.

서로 마음이 잘 맞는 사이도 있고,
그렇지 않은 관계도 있습니다.
똑같은 행동을 보고도
좋게 생각해주는 사람이 있는가 하면
그렇지 않은 사람도 있고요.

같은 사람을 보고도
저마다 다르게 말하는 경우도 많아요.
느긋하게 보이는 행동이
때로는 둔감하게 비칠 수도 있죠.
또 신념이 뚜렷한 모습은
융통성 없이 완고하다고 표현되기도 하고,
협력을 잘하는 긍정적인 성격을
비위를 잘 맞춘다며 부정적으로 평가하기도 하죠.
그러니 내가 가진 개성과 성격을 그대로
보여주는 것이 어떨까요?

사람들이 어떻게 생각하는지가 아니라
내가 어떻게 생각하는지가 중요합니다.

불가능하다고
생각하지 마세요

✳

학교 혹은 회사에서

자신의 능력 밖이라고 생각되는 일을 맡은 경험이 있나요?

못한다고 생각하면, 정말로 해낼 수 없습니다.

할 수 있는 일만 한다면 실패하지도 않겠지요.

대신 똑같은 일만 반복하게 될 거예요.

여러분의 잠재력을 믿으세요.

할 수 있다는 긍정적인 마음으로 도전해보세요.

당신은 정말, 잘 해낼 수 있을 거예요.

있는 그대로 받아들이세요

자신을 있는 그대로 인정하는 것은
행복을 향한 첫걸음입니다.
그렇게 내디딘 한 걸음이
두 걸음, 세 걸음으로 이어질 거예요.

2

함께할 때
더욱 빛나는 순간들

힘들 때는 도움을 청해도 돼요

문제나 갈등이 발생했을 때 다른 사람에게 의지하지 않고
스스로 해결하고자 노력하는 것은 좋은 일이에요.
하지만 자신이 할 수 있는 일과
할 수 없는 일을 파악하는 것도 중요해요.
때로는 다른 사람의 도움을 받는 유연함이 필요하죠.

즐거운
추억을 만드세요

행복한 순간과 따뜻한 기억을 공유해보세요.
무슨 일이든 함께하는 기쁨을 안다면
가족, 친구, 연인, 동료 등
다양한 인간관계가 더욱 돈독해질 거예요.

오늘의 즐거움은 내일의 추억이 된답니다.

사랑은 서로의
부족한 점을 채워줘요 🌸

크리스토프와 안나를 보고
트롤들이 노래 'Fixer Upper'를 시끌벅적하게 부르지요.
누구에게나 부족한 점이 있지만
사랑이 있다면 고칠 수 있다는 내용이 담겨 있어요.
원제인 Fixer Upper는
수리가 필요한 허름한 집이라는 뜻인데
부서진 것을 고치는 사람을 가리키기도 합니다.

누구나 조금씩 부족한 부분이 있어요.
정말 사랑한다면
서로의 결점을 채워줄 수 있습니다.

트롤들의 노래는 연인 관계뿐만 아니라

가족이나 친구 사이에서도

통하는 깊은 뜻을 담고 있어요.

사랑이 전부는 아니에요

안나에게 가장 중요한 것은
크리스토프와의 사랑이 아니라
하나뿐인 언니를 구하는 것이었어요.
때로는 사랑이 전부가 아닙니다.
꼭 사랑하는 연인이 아니더라도
가족과 친구 등 지켜야 할 인연은 많아요.

영웅이 되어보세요 ✳

엘사와 안나는 고난에 맞서 싸우며

아렌델 왕국을 위기로부터 구해요.

그녀들은 두려움을 피하지 않는 강인함,

소신을 지키기 위해 모든 것을 거는 용기와 열정,

보는 사람마저 힘이 나게 하는 에너지를 가진 영웅들입니다.

우리는 세상을 구하는 영웅이 되진 못하지만,

힘든 상황에 처해 있는 이들에게

손을 내밀어주는 영웅이 될 순 있어요.

친구나 가족, 연인 등 곁에 있는

소중한 사람을 구하는 영웅이 되어보세요.

누군가 괴로워하거나 내 도움을 필요로 할 때,
따뜻하고 든든한 손길을 내밀어보세요.

솔직한 모습을 보여주세요 🌸

누구에게든 솔직한 모습을 보여주세요.
진정한 친구를 원한다면
장점만 보여주려고 하지 말고,
약점까지 그대로 보여주어야 합니다.
미움받지 않기 위해서 한 거짓된 행동이나 생각은
관계가 깊어지면 언젠가 드러날 거예요.
하지만 있는 그대로를 보여주는 것과
현실에 안주하는 것은 다르다는 것도 기억해야 합니다.
결점을 깨달았다면 고치려는 노력도 필요해요.

솔직한 모습을 보여주고
더 나은 사람이 되도록 노력하면
주변에 좋은 친구가 많아질 거예요.

상대방의 자유를 존중하세요 ✳

엘사가 마법의 능력을 숨겼듯이
누구나 말하고 싶지 않은 부분
혹은 아직 말할 수 없는 비밀을 안고 있습니다.

서로에 대한 모든 것을 다 알아야 할 필요는 없어요.
상대방을 신뢰하고, 자유를 존중해야 합니다.
아무리 깊은 관계라도
상대방에게 모든 것을 털어놓기를 강요해서는 안 돼요.

마찬가지로 자신의 모든 것을 알아달라며
일방적으로 몰아붙이면 부담을 느낄 수밖에 없어요.
무엇이든 함께 해야 하는 것이 아니라
서로를 존중하면서
함께 성장해나가는 관계가 바람직합니다.

마음의 문을 열어요 🌸

신뢰 관계를 쌓기 위해서는
마음의 문을 열어야 합니다.

안나는 언니에게 한 걸음 다가가려고 하지만,
엘사는 동생의 마음을 이해하면서도
꽁꽁 얼어붙은 방을 보여줄 수 없어 문을 굳게 닫았어요.
엘사의 마음의 문을 연 것은 안나의 진심이었지요.
만약 여러분이 마음을 닫고 있을 때
진심을 다해 그 문을 두드리는 사람이 있다면,

아주 살짝이라도 마음을 열어보세요.
영화의 마지막 장면에서
엘사는 안나에게 이렇게 말합니다.

"이제 다시는 성문을 닫지 않을 거야."

객관적인
시야를 가지세요

자신을 객관적으로 보면
오랫동안 안고 있던 고민의
실마리를 찾게 될 수도 있어요.
문제에 파묻혀 있으면 시야가 좁아집니다.
한 걸음 물러나 상황을 바라볼 필요가 있어요.
두려움, 불안, 분노 등 부정적인 감정이 들 때,
그런 감정을 억지로 외면하는 데만 급급하면
오히려 좋지 않은 결과를 가져오죠.
그럴 때일수록 냉철하게 생각해야 합니다.

거리를 두고 보면 자신이 서 있는 곳이
세상의 전부는 아니라는 사실을 깨닫게 될 거예요.

사람들의 조언을 새겨들어요 ❋

힘든 상황으로 인해 마음이 약해졌을 때,
누군가에게 조언을 구하기도 하죠.
정말 중요한 말은 따가운 충고일 때도 있어요.
부정적인 말을 들으면 기분이 나빠지고,
인정하고 싶지 않은 마음이 들기도 할 거예요.
하지만 자신을 진정으로 생각해주는 사람의 말에
귀를 기울이고 자신을 되돌아보는 기회로 삼아보세요.

입장을 바꿔 생각해보면,
자신이 아끼는 사람에게 고쳐야 할 점을
지적할 때는 용기를 냈을 거예요.

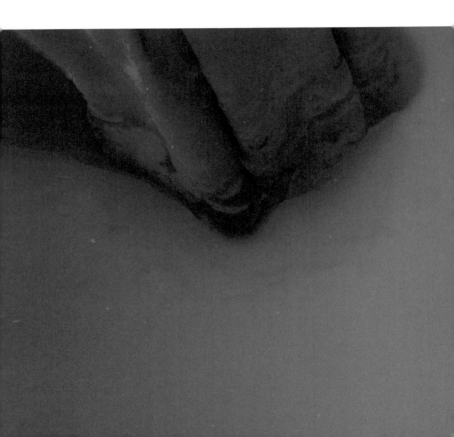

상대방은 여러분을 걱정하는 마음에서
큰 결심을 한 것일지도 모릅니다.
그러니 충고를 기꺼이 받아들이는 자세도 필요해요.

두려움과 마주하세요

두려움은 상처받지 않기 위한 방어적인 감정이에요.
실패를 두려워하고 사람들에게 미움받을까 초조해하며
도망치기만 하는 행동은 자신의 가능성을 제한할 뿐입니다.
두려움은 상상 속에만 있는 감정이에요.
현실을 직면하고 자신이 무엇을 두려워하는지
정확하게 파악해야 해요.
그러지 않으면 두려움이 점점 더 커집니다.
결국 두려움이라는 감정에
사로잡혀 아무것도 하지 못하게 돼요.

두려워하던 일이 실제로 일어났을 때,
비로소 두려움에서 해방될 수 있습니다.

엘사에게 가장 필요했던 것은
두려움과 마주하는 용기였다는 사실을 기억하세요.

풍부한 상상력을 발휘하세요 🌸

서로 다른 존재가
함께하기 위해 필요한 것은
풍부한 상상력입니다.
우리는 상상력이 있기 때문에
서로의 입장을 헤아리고
마음과 생각을 나눌 수 있어요.
상상력은 사람과 세상을
성장시키는 원동력이 되기도 한답니다.

나를 만드는 것은
자기 자신입니다

때때로 시각과 태도를 바꿀 필요가 있어요.
이럴 때 다른 사람의 의견을 들어보세요.
누군가에게 고민을 털어놓고 생각지도 못한 조언을 들으면,
문제를 보는 시각과 이를 대하는 태도가 달라질 거예요.

새로운 마음은 나를 근사하고 멋진 사람으로 만들어 줄 거예요.

마음을 받아들이세요

사람이 명확하게 인지할 수 있는 것은 '사고'이기 때문에
이성적인 판단이 가장 중요하다고 여기기 쉽지만
심리학자들은 인간을 지배하는 것은 '마음'이라고 말합니다.

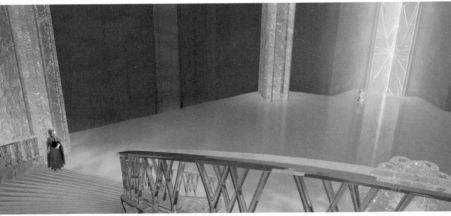

그래서 머리로는 이해해도 가슴으로 이해하지 못하면
문제가 정말 해결되었다고 말할 수 없지요.
머리로 생각하는 바와 마음으로 느끼는 바가 차이가 있어
괴로워한 경험은 누구에게나 있을 거예요.
그래도 괜찮습니다.

먼저 내면의 소리에 귀 기울이고 나서
차분히 생각한다면 해결되지 못할 문제는 없어요.

의미 없는
시련과 실패는 없어요 🌸

어떤 시련이든 나름의 가치가 있습니다.
만약 아렌델 왕국에 영원한 겨울이 오지 않았다면,
엘사와 안나는 지금도 굳게 닫힌 성문 너머에서
서로의 마음을 모른 채 살아갈 것입니다.
시련을 극복하고 관계를 되돌린 자매의 모습을 통해
실패도 값진 경험으로 받아들이면
좋은 결과를 가져올 수 있다는 사실을 배울 수 있었어요.

〈겨울왕국〉은 엘사와 안나가 자기 자신을 있는 그대로 인정하고 진정한 행복을 찾아가는 여정을 담은 이야기입니다.

엘사와 안나의 이야기는 여기서 끝이 났지만, 우리의 이야기는 계속될 겁니다. 우리는 매일 어른이 되고 있어요. 날마다 조금씩 성장하면서요. 때로는 힘들고, 두려운 일도 있을 거예요. 눈앞의 괴로움에서 벗어나고자 거짓의 나를 만들어내고 싶은 유혹에 빠지기도 하겠지만, 자신의 진짜 모습을 찾아야 합니다. 자신의 모습을 있는 그대로 인정하고 사랑해야 해요. 모든 것은 오늘의 나에서 시작될 테니까요.

행복한 미래를 만드는 것은 다름 아닌 지금의 나임을 기억하세요.

옮긴이 정은희

고려대학교 영어영문학과를 졸업한 후 출판사에서 교육서적을 기획하고 편집했다. 오랜 꿈을 이루기 위해 글밥아카데미 번역가 과정을 수료하고, 현재 바른번역에서 전문 번역가로 활동 중이다. 옮긴 책으로 《하버드 행복 수업》, 《곰돌이 푸, 행복한 일은 매일 있어》, 《미키 마우스, 나 자신을 사랑해줘》, 《디즈니 프린세스, 내일의 너는 더 빛날 거야》 등이 있다.

엘사와 안나,
우리는 매일 어른이 되고 있어

1판 1쇄 인쇄 2020년 3월 2일
1판 1쇄 발행 2020년 3월 18일

원작 겨울왕국
옮긴이 정은희

발행인 양원석 **편집장** 차선화
책임편집 윤미희 **디자인** 이재원 **영업마케팅** 양정길, 강효경

펴낸 곳 ㈜알에이치코리아
주소 서울시 금천구 가산디지털2로 53, 20층 (가산동, 한라시그마밸리)
편집문의 02-6443-8854 **도서문의** 02-6443-8800
홈페이지 http://rhk.co.kr
등록 2004년 1월 15일 제2-3726호

ISBN 978-89-255-6892-8 (03800)